W9-CSK-561

Nota para los padres y encargados:

Los libros de *Read-it! Readers* son para niños que se inician en el maravilloso camino de la lectura. Estos hermosos libros fomentan la adquisición de destrezas de lectura y el amor a los libros.

 El NIVEL MORADO presenta temas y objetos básicos con palabras de alta frecuencia y patrones de lenguaje sencillos.

 El NIVEL ROJO presenta temas conocidos con palabras comunes y oraciones de patrones repetitivos.

 El NIVEL AZUL presenta nuevas ideas con un vocabulario más amplio y una estructura gramatical más variada.

 El NIVEL AMARILLO presenta ideas más elevadas, un vocabulario extenso y una amplia variedad en la estructura de las oraciones.

 El NIVEL VERDE presenta ideas más complejas, un vocabulario más variado y estructuras del lenguaje más extensas.

 El NIVEL ANARANJADO presenta una amplia de ideas y conceptos con vocabulario más elevado y estructuras gramaticales complejas.

Al leerle un libro a su pequeño, hágalo con calma y pause a menudo para hablar acerca de las ilustraciones. Pídale que pase las páginas y que señale los dibujos y las palabras conocidas. No olvide volverle a leer los cuentos o las partes de los cuentos que más le gusten.

No hay una forma correcta o incorrecta de compartir un libro con los niños. Saque el tiempo para leer con su niña o niño y transmítale así el legado de la lectura.

Adria F. Klein, Ph.D.
Profesora emérita, California State University
San Bernardino, California

Managing Editor: Bob Temple
Creative Director: Terri Foley
Editor: Brenda Haugen
Editorial Adviser: Andrea Cascardi
Copy Editor: Laurie Kahn
Designer: Melissa Voda
Page production: The Design Lab
The illustrations in this book were created digitally.
Translation and page production: Spanish Educational Publishing, Ltd.
Spanish project management: Jennifer Gillis/Haw River Editorial

Picture Window Books
5115 Excelsior Boulevard
Suite 232
Minneapolis, MN 55416
1-877-845-8392
www.picturewindowbooks.com

Copyright © 2006 by Picture Window Books
All rights reserved. No part of this book may be reproduced without written
permission from the publisher. The publisher takes no responsibility for the use of
any of the materials or methods described in this book, nor for the products thereof.

Printed in the United States of America.

Library of Congress Cataloging-in-Publication Data
Blair, Eric.
[Fisherman and his wife. Spanish] El pescador y su mujer : versión del cuento
de los hermanos Grimm / por Eric Blair ; ilustrado por Todd Ouren ; traducción,
Patricia Abello.
p. cm. — (Read-it! readers)
Summary: The fisherman's greedy wife is never satisfied with the wishes granted her
by an enchanted fish.
ISBN 1-4048-1630-5 (hard cover)
[1. Fairy tales. 2. Folklore—Germany. 3. Spanish language materials.] I. Ouren,
Todd, ill. II. Abello, Patricia. III. Grimm, Jacob, 1785-1863. IV. Grimm, Wilhelm,
1786-1859. V. Fisherman and his wife. Spanish. VI. Title. VII. Series.

PZ74.B4276 2005
398.2—dc22
[E]   2005023479

El pescador y su mujer :
versión del cuento de
los hermanos Grimm
33305234488827
8jlks   05/13/16

dor y su mujer

Versión del cuento de los hermanos Grimm

por Eric Blair
ilustrado por Todd Ouren
Traducción: Patricia Abello

Special thanks to our advisers for their expertise:

Adria F. Klein, Ph.D.
Professor Emeritus, California State University
San Bernardino, California

Kathleen Baxter, M.A.
Former Coordinator of Children's Services
Anoka County (Minnesota) Library

Susan Kesselring, M.A.
Literacy Educator
Rosemount-Apple Valley-Eagan (Minnesota) School District

PiCTURE WiNDOW BOOKS
Minneapolis, Minnesota

Los hermanos Grimm

Los hermanos Jacob y Wilhelm Grimm
se pusieron a reunir cuentos viejos de
su país, Alemania, para ayudar a un amigo.
El proyecto se suspendió por un tiempo, pero
los hermanos no lo olvidaron. Años después,
publicaron el primer libro de los cuentos de
hadas que oyeron. Hoy día, esos cuentos
todavía entretienen a niños y adultos.

Érase una vez un pescador muy pobre.
Vivía con su esposa en una choza
junto al mar.

Todos los días, el pescador iba al mar
y lanzaba el anzuelo al agua. Un día,
el pescador atrapó un pez grande.

—Por favor, no me mates —dijo el pez—.
No soy un pez de verdad. Soy un príncipe
encantado. No soy bueno para comer.

—De todos modos no me voy a quedar
con un pez que habla —dijo el pescador.
Soltó al pez y dejó que se fuera nadando.

Esa noche, el pescador le contó a su esposa la historia del pez hablador.

—¿Pediste un deseo? —preguntó ella.
El pescador dijo que no.

—Un pez como ése puede darte
lo que quieras —dijo su esposa—.
¿Por qué no le pides una bonita casa?

El pescador regresó al mar y llamó al pez:
—¡Pececito del mar!

El pez subió a la superficie y preguntó:
—¿Qué quieres?

11

El pescador dijo: —Mi buena esposa dice que debo pedirte un deseo por haberte dejado ir. Ella quiere una casa mejor.

—Vete —dijo el pez—. Ya la tiene.

El pescador regresó a una casa con sala, alcoba y cocina.

—¿Ya estás contenta? —preguntó él.

—Déjame pensarlo —fue su respuesta.

Al cabo de unos días, la mujer dijo:
—Esta casa y este patio son muy pequeños. Me gustaría vivir en un castillo. Ve y pídele otro deseo al pez.

El pescador pensó que no era correcto pedir otro deseo, pero hizo lo que quería su esposa. El pescador llamó al pez.

El pez subió a la superficie y preguntó:
—¿Qué quieres?

El pescador contestó: —Mi buena esposa
desea vivir en un castillo.

—Vete —dijo el pez—. Ya lo tiene.

El pescador regresó a un bello castillo. Había mesas doradas con fina loza llena de comida. De los techos colgaban candelabros de cristal y los pisos estaban cubiertos de alfombras.

Detrás del castillo había un jardín con flores, árboles y animales.

—¿Ya estás contenta? —preguntó el pescador.

—Déjame pensarlo —dijo su esposa.

Al día siguiente, la esposa preguntó:
—¿No te gustaría ser rey?
El pescador negó con la cabeza.
—Ve y dile al pez que quiero ser reina
—dijo ella.

Aunque sabía que no estaba bien,
el pescador fue al mar y gritó:
—¡Pececito del mar!

El pez preguntó: —¿Qué quieres?

El pescador contestó: —Mi buena esposa
quiere ser reina.

—Vete —dijo el pez—. Ya es reina.

El pescador regresó a un palacio con soldados, tambores y trompetas. Vio a su esposa sentada en un trono con una corona de oro.

—Dile al pez que quiero ser la emperatriz
—dijo la mujer.

—Eso es imposible —dijo el pescador—.
Sólo hay una emperatriz.

—Díselo —ordenó la esposa.

23

Aunque sabía que no era correcto,
el pescador fue al mar y gritó:
—¡Pececito del mar!

El pez preguntó: —¿Qué quieres?

El pescador contestó: —Mi buena esposa quiere ser emperatriz.

—Vete—dijo el pez—. Ya es emperatriz.

El pescador encontró a su esposa
en un palacio más grande y elegante.
Estaba sentada en un trono dorado
y llevaba una corona de oro y rubíes.

—¿Qué se siente de ser emperatriz?
—preguntó él.

—Ve donde el pez y dile que quiero
ser como Dios —dijo su esposa.

—Pero querida —dijo el pescador—,
sólo hay un Dios.

Su esposa insistió: —Ve y habla con el pez.

En medio de una terrible tormenta, el pescador bajó al mar. Aunque sabía que no era correcto, llamó al pez.

El pez preguntó: —¿Qué quieres?

El viento sopló, el cielo se iluminó y
cayeron rayos. El pescador contestó:
—Mi buena esposa quiere ser como Dios.

—Vete —dijo el pez—. Tu esposa pide
demasiado. Ahora está de nuevo
en la choza.
El pescador encontró a su esposa en la
choza junto al mar. Y allí viven hasta hoy.

Más *Read-it! Readers*

Con ilustraciones vívidas y cuentos divertidos da gusto practicar la lectura. Busca más libros a tu nivel.

CUENTOS DE HADAS Y FÁBULAS

La bella durmiente	1-4048-1639-9
La Bella y la Bestia	1-4048-1626-7
Blanca Nieves	1-4048-1640-2
El cascabel del gato	1-4048-1615-1
Los duendes zapateros	1-4048-1638-0
El flautista de Hamelín	1-4048-1651-8
El gato con botas	1-4048-1635-6
Hansel y Gretel	1-4048-1632-1
El léon y el ratón	1-4048-1623-2
El lobo y los siete cabritos	1-4048-1645-3
Los músicos de Bremen	1-4048-1628-3
El patito feo	1-4048-1644-5
La princesa del guisante	1-4048-1634-8
El príncipe encantado	1-4048-1631-3
Pulgarcita	1-4048-1642-9
Pulgarcito	1-4048-1643-7
Rapunzel	1-4048-1636-4
Rumpelstiltskin	1-4048-1637-2
La sirenita	1-4048-1633-X
El soldadito de plomo	1-4048-1641-0
El traje nuevo del emperador	1-4048-1629-1

¿Buscas un título o un nivel específico? La lista completa de *Read-it! Readers* está en nuestro Web site: *www.picturewindowbooks.com*